हवलदार बहादुर और काले जल्लाद

चित्रांकन : बेदी
कहानी : अंसार अख्तर
पुनःरंगसज्जा: साहजेब खान

उस बंदे को छोड़कर हवलदार गली की ओर दौड़ लिए।
कहां है चोर? हवालात में बंद करके सड़ा दूंगा साले को।
मेरी तो जान बची। ही...ही... ही!
गली के मोड़ पर-
धाड़
उफ!
हाय!
ओह! पुलिस।
पुलिस की वर्दी देख कर घबरा रहा है। यही चोर है साला।
और–
नहीं छोड़ूंगा। साले, पहले चोरी की, फिर पुलिस को टक्कर मारी। दो-दो अपराध।
क्या कह रहे हैं आप?
मगर हवलदार ने उसे कुछ कहने का अवसर ही नहीं दिया और दो पुलिसिये हाथ ठोक दिए।
हवालात में बंद करके सड़ा दूंगा साले।
ताड़
ताड़
फिर उसे पकड़कर थाने ले आए।
चल अन्दर।

इंस्पेक्टर खड़गसिंह अपने दफ्तर में ही था।
कमाल है! इतने लोग कहां गायब हो गए?
तभी—
धाड़
आह!
यह क्या बदतमीजी है? कौन है यह आदमी?
चोर है साहब! सेंटर मार्केट से पकड़कर लाया हूं साले को।
खड़गसिंह ने ध्यानपूर्वक युवक की ओर देखा था।
फिर—
अरे! विकास, तुम?
जी हां। जरा समझाइए अपने इस हवलदार को।
अबे चुप।
चुप तुम रहो गधे कहीं के। जानते हो यह कौन हैं?
चोर है। हवालात में बंद करके सड़ा दीजिए साले को।
हवलदार बहादुर! होश में आओ। यह कमिश्नर साहब के सुपुत्र श्री विकास खन्ना हैं।
अरे बाप रे! साहब के बेटे...?

हां। और मैं अभी डैडी को फोन करके तुम्हें डिसमिस कराता हूं।
मुझे बड़ी खुशी होगी।
नहीं साहब...!
और—
अरे-अरे! छोड़ो मेरे पांव।
म... मुझे माफ कर दीजिए।
हटो, तुमने दो थप्पड़ भी लगाए थे मुझे। तुम्हें माफी नहीं मिलेगी।
तो आप हमारे दस थप्पड़, बल्कि बीस दुड्डे लगा लीजिए, मगर हमें माफ कर दीजिए। हमने आपको चोर समझकर बड़ी भूल की है...
...लीजिए, हम खुद ही अपने आपको पीट देते हैं।
ताड़
ताड़
अरे.. अरे...!
हवलदार बहादुर की इस हरकत पर विकास को हंसी आ गई और फिर उसने उन्हें माफ कर दिया।
अच्छा ठीक है। मैं अब तुम्हारी शिकायतें नहीं करूंगा, लेकिन भविष्य में ऐसी गलती न करना।
मेरे बाप की तोबा माई-बाप! अब तो मैं असली चोर को भी नहीं पकडूंगा कभी।
विकास तो चला गया था, लेकिन इंस्पेक्टर खड़गसिंह, हवलदार को डांट पिलाने की तैयारी कर ही रहा था कि—
सर!
क्या बात है रामधन? अंदर आओ।

दो आदमी और गायब हो गए हैं सर! उनके रिश्तेदार गुमशुदगी की रिपोर्ट लिखवाने आए हुए हैं।
ओह माई गॉड! आखिर यह क्या हो रहा है...
...पिछले दस दिन में पचास आदमी गायब हो चुके हैं। दिलचस्प बात यह है कि यह सभी लोग बेरोजगार थे और काम की तलाश में घर से निकले थे, मगर वापस नहीं लौटे। कौन कर रहा है इनको गायब? कहां चले जाते हैं यह लोग?
मैं बताऊं सर?
क्या बताओगे?
मेरा विचार है, यह लोग अपने ससुराल चले जाते होंगे। बेघर आदमी को जब भूख सताती है तो वह ससुराल का ही रुख करता है।
अरे ओ नमूने, कभी तो अक्ल की बात कर लिया कर। इन लोगों का अपहरण किया गया है। किसी खास मकसद के तहत कोई अपराधी इन लोगों को गायब करा रहा है।
तो हम उस अपराधी को हवालात में बंद करके सड़ा देंगे।
बकवास बंद करो और जाकर अपना काम देखो।
ठ..., ठीक है साहब!
पचास आदमियों का अपहरण। सबके सब काम की तलाश में घर से निकले थे, यानी कोई अपराधी बेरोजगार लोगों को गायब करा रहा है। मुझे इस केस पर काम करना होगा। शहर में घूमते हुए किसी बेरोजगार को ताड़ता हूं और उसके पीछे लग जाता हूं।
थाना

घर जाकर उन्होंने वर्दी उतारी और सिविल ड्रेस पहनी।
क्यों जी, छैला बनकर कहां जा रहे हो?
फोटो खिंचवाने जा रहा हूं, चलेगी?
गुस्सा क्यों होते होजी? मैंने तो बस ऐसे ही पूछ लिया था।
तुझसे हजार बार कहा है कि बाहर जाते हुए टोका मत कर, मगर तेरी बुद्धि में तो भैंस का गोबर भरा हुआ है। कोई बात समझती ही नहीं है। थानेदार की तरह हर वक्त सवाल झाड़ती है और...।
बस, अब और कुछ कहा तो बेलन लाकर मुंह में ठूंस दूंगी।
इस बेवकूफ से पंगा लेना ठीक नहीं है। सचमुच बेलन ठूंस देगी।
और वह चुपचाप घर से निकल आए।
कुछ देर बाजार में घूमने के बाद हवलदार बहादुर को एक बेरोजगार युवक दिखाई दे गया।
मुझे कोई भी काम दे दो सेठ! मैं तुम्हारी दुकान में झाड़ू तक लगाने को तैयार हूं।
यह बंदा बेरोजगार है।
अरे बाबा! काम नहीं है हमारे पास। जाओ, कहीं और जाकर झाड़ू लगाओ।
और हवलदार बहादुर उस युवक के पीछे चल दिए।
इस पर नजर रखनी होगी। जब कोई इसका अपहरण करने आएगा तो पकड़ लूंगा साले को और हवालात में बंद करके सड़ा दूंगा।
कुछ दूर चलने के बाद आगे जाते युवक के निकट एक कार रुकी।
सुनो भाई!
ओह! कार वाला उसे क्यों बुला रहा है?

कार वाले ने युवक से कुछ बात की थी, जो हवलदार सुन नहीं सके थे, लेकिन युवक को कार में बैठते देखकर वह चौंक पड़े थे।
ओह! हो गया उसका अपहरण।
कार रवाना हुई।
ऐ, ठहरो। रुक जाओ।
तभी एक खाली टैक्सी गुजरी और हवलदार ने उसे रोका।
उस कार के पीछे चलो।
टैक्सी कार के पीछे रवाना हो गई।
आप किसी का पीछा कर रहे हैं साहब?
हां। हम सरकारी आदमी हैं। एक अपराधी का पीछा कर रहे हैं।
आगे जाने वाली गाड़ी शहर की विभिन्न सड़कों से गुजरती हुई एक ऐसे क्षेत्र में पहुंच गई, जहां उच्च वर्ग के लोगों की कोठियां बनी हुई थीं।
फिर एक कोठी के सामने कार रुक गई।
पीं..पीं
हवलदार ने अपनी टैक्सी कुछ दूरी पर रुकवा ली थी।

दरबान ने फाटक खोला और कार भीतर चली गई।
तो वह अपराधी इस कोठी में रहता है, जो बेरोजगार लोगों का अपहरण करा रहा है। अब देखना यह है कि वह युवक बाहर आता है या नहीं?
हवलदार बहादुर भी टैक्सी से उतरे।
किराया?
मेरा किराया तो दीजिए साहब!
अबे मैं पुलिस हवलदार हूं। दोबारा किराया मांगा तो हवालात में बंद करके सड़ा दूंगा।
उल्लू का पट्ठा। गुर्र...गुर्र...!
कहकर वह आगे बढ़ गए।
आधे घंटे तक हवलदार बहादुर उस कोठी के सामने टहलते रहे।
वह युवक अभी तक बाहर नहीं आया है, यानी उसका अपहरण हो चुका है।
इधर इंस्पेक्टर खड्गसिंह अपने कुछ सहायकों के साथ मशवरा कर रहा था।
आप लोग कुछ अंदाजा लगा सकते हैं कि बेरोजगार लोगों को कौन गायब करा रहा है?
कुछ समझ नहीं आता सर!
मेरा विचार है, उनका किसी खास मकसद के लिए अपहरण किया जा रहा है।
वह खास मकसद क्या हो सकता है? पचास आदमी गायब हो चुके हैं। उन्हें किसी एक मकान में तो रखा नहीं जा सकता। मुझे लगता है, उन्हें शहर से बाहर कहीं भेजा जा रहा है और...।
ट्रिन... ट्रिन...
तभी फोन की घंटी बजी थी।

हैलो! इंस्पेक्टर खड्गसिंह स्पीकिंग।
हवलदार बहादुर स्पीकिंग फ्रॉम दिस साइड सर!
तुम? क्या बात है?
बात ऐसी है सर कि सुनते ही आप खुशी से बावले हो जायेंगे और...।
शटअप यू फूल। काम की बात करो।
अरे बाप रे! यह तो बात सुनने से पहले ही बावला हो गया है।
काम की बात यह है सर कि मैंने उस अपराधी का पता लगा लिया है, जो बेरोजगार लोगों का अपहरण करा रहा है। मेरे सामने एक युवक का अपहरण हुआ है और मैं बदमाशों के अड्डे के निकट से ही आपको फोन कर रहा हूं। अब आप कहिए, क्या कहते हैं?
उस मूर्ख हवलदार बहादुर का फोन है। कह रहा है कि उसने अपहरणकर्ता का पता लगा लिया है।
उस मूर्ख की बातों में न आयें सर! वह पहले भी कई बार पुलिस की फजीहत करा चुका है।
मगर उसकी मूर्खता के कारण कई बार हम बड़े अपराधियों को पकड़ने में भी सफल हुए हैं। हो सकता है, इस बार भी सफलता मिल जाए।
हैलो! हवलदार बहादुर, कहां से बोल रहे हो तुम? पता बताओ, मैं पुलिस फोर्स लेकर आता हूं।

कुछ देर बाद थाने से पुलिस की गाड़ियां सायरन बजाती हुई निकलीं।
पीं...पीं...
पीं...पीं...
शोर मचाती हुई गाड़ियां जब उस क्षेत्र में पहुंचीं तो सभी कोठियों में हलचल मच गई।
तुरंत ही हवलदार बहादुर सामने आ गए।
रोको... रोको।
POLICE
कहो हवलदार! कहां है बदमाशों का अड्डा?
यह कोठी। मेरी आंखों के सामने एक बेरोजगार युवक का अपहरण करके यहां लाया गया है।
सब लोग पोजीशन ले लें। मैं कोठी में जाता हूं, अगर दस मिनट में वापस न आऊं तो रेड कर दी जाए।
ओ.के. सर!
खड़गसिंह ने कोठी का फाटक धकेला तो वह खुल गया।
कोई पहरेदार नहीं है। बदमाशों के अड्डे तो ऐसे नहीं होते।

और जब खड्गसिंह ने मुख्य द्वार की घंटी बजाई—
यस! क्या बात है इंस्पेक्टर साहब?
ओह गॉड! यह तो सावित्रीदेवी हैं। मशहूर सोशल वर्कर।
न... नमस्ते जी!
नमस्ते! कैसे कष्ट किया आपने?
जी...वह..बात यह है कि अभी कुछ देर पहले एक सज्जन अपनी कार में किसी युवक को बिठाकर इसी कोठी में लाए हैं।
जी हां, लाए तो हैं। वह मेरे पति हैं। अपने मित्र के बेटे को अपने साथ लाए हैं। वह लड़का अपने पिता से झगड़कर घर छोड़ आया था। मेरे पति को रास्ते में दिखाई दे गया और वह उसे समझाने-बुझाने के लिए यहां ले आए। आप भीतर आइए। वह दोनों अंदर ही हैं।
बेड़ा गर्क हो जाए इस हवलदार के बच्चे का। अब मैं इन लोगों को क्या जवाब दूंगा?
इधर-उधर के बहाने बनाकर खड्गसिंह ने अपने आने का मकसद छुपाया और फिर कोठी से बाहर निकल आया।
आ गए सर?
खड्गसिंह क्रोध में उबल रहा था। हवलदार ने जैसे ही सामने आकर दांत निकाले—
ही...ही...ही!
उल्लू का पट्ठा।
स... सर!
शटअप! जानते हो यह एक मशहूर सोशल वर्कर का मकान है और वह युवक इन लोगों के मित्र का लड़का है, जिसका कि तुमने पीछा किया था, अगर मैं पहले अकेला भीतर न जाता और रेड करा देता तो आज मेरी नौकरी चली जाती।

इसका मतलब है, हमसे आज फिर गलती हो गई है?
लेकिन अब आगे से तुम कोई गलती नहीं करोगे, अगर इस मामले में तुमने दोबारा टांग अड़ाई तो मैं तुम्हें छोड़ूंगा नहीं। यह कोई मामूली केस नहीं है। बेरोजगार मजदूरों का अपहरण कोई बड़ा अपराधी ही करा रहा है और तुम्हारे जैसा मूर्ख इस मामले में कुछ नहीं कर सकेगा।
कहकर...
...खड़गसिंह अपनी जीप में जा बैठा और पुलिस दल वापस रवाना हो गया।
आज फिर अपनी इज्जत का जनाजा निकल गया। पब्लिक के सामने डांट दिया साले ने। अफसर न होता तो टेंटुआ दबा देता उसका।
फिर एक ढाबे में चाय पीते हुए हवलदार बहादुर अचानक उछल पड़े--
खड़गसिंह ने कहा था कि बेरोजगार मजदूरों का अपहरण किया जा रहा है, अगर मैं मजदूर का रूप बनाकर शहर में घूमना शुरू कर दूं तो शायद कोई मेरा अपहरण करने की कोशिश करे।
कुछ देर बाद वह घर पहुंचे।
चम्पाकली! घर में जितने भी औजार हैं, सब ले आ और एक थैला भी लेती आइयो।
क्यों?
सवाल मत पूछ। बस, जरूरत है मुझे औजारों की।
नौकरी से निकाल दिए गए हो क्या?

अरी ओ काली जीभवाली, अगर नौकरी से निकाल दिया जाऊंगा तो तू खाएगी क्या? बेवकूफ औरत, मुझे एक केस के सिलसिले में जासूसी करने के लिए मजदूर या मिस्त्री का रूप बनाना है और इसके लिए औजारों का थैला चाहिए।
तुम्हारी जासूसी तो मैं अभी निकालती हूं। मुझे बेवकूफ कहते हो।
और—
ओय, मार डाला।
ताड़
चम्पाकली ने चंडी का रूपधारण कर लिया था।
धाड़
ताड़
हाय! मार डाला जालिम। तूने अमेरिका की तरह अचानक बमबारी क्यों शुरू कर दी?
ब...बस कर... मैं हाथ जोड़ता हूं... माफ कर दे। अब कभी तुझे बेवकूफ नहीं कहूंगा मेरी मां...!
हाय राम! क्या बकते हो?
तोबा-तोबा, जीभ फिसल गई थी मेरी। अब तू गुस्सा थूक दे और औजार ला दे मुझे।
अभी लाती हूं।
कुछ देर बाद हवलदार बहादुर मजदूर का रूप बनाए घर से बाहर निकले।
टूटे दरवाजे-खिड़कियों की मरम्मत करा लो।

शाम तक वह इधर-उधर घूमते रहे, मगर किसी ने उनकी ओर ध्यान नहीं दिया।
कोई साला मेरा अपहरण करने नहीं आया। आज की मेहनत बेकार गई।
तभी—
अबे ओ मिस्त्री!
बड़ा बदतमीज बंदा है यह।
क्या है?
खिड़की ठीक करानी है। उधर से घूमकर अन्दर आ जा।
हवालात में बंद करके सड़ा देता साले, अगर वर्दी में होता। बदतमीज कहीं का। गुर्र...!
आता हूं भाई!
मकान के भीतर पहुंचकर हवलदार बहादुर ने चिटखनी का पेंच बिठाने के लिए हथौड़ी का इस्तेमाल किया।
ताड
छनाक
अबे ओय, यह क्या किया?
ही...ही... ही! शीशा टूट गया आपका। इसको भी बदलवालो।

मुंह तोड़ दूंगा तेरा...।
ठाक
आह!
शीशे के पैसे निकाल, वरना मुर्गा बना दूंगा।
छ...छोड़ दे, मैं पुलिस का आदमी हूं।
अच्छा, तो पुलिस वालों ने अब मजदूरी करनी भी शुरू कर दी है। झूठ बोल कर बच नहीं सकता तू। शीशे के पैसे निकाल, वरना यह नोकदार नाक काटकर हाथ पर रख दूंगा।
अ... अच्छा, देता हूं।
मकान मालिक ने तीस रुपये वसूल करने के बाद हवलदार बहादुर को विदा किया।
चल भाग।
दोबारा इस इलाके में दिखाई दिया तो लातें तोड़ दूंगा तेरी।
गुर्र... गुर्र!
हाय, कमर तोड़ दी साले ने। यह रूप भी बहुत महंगा पड़ा। अंटी के तीस रुपये भी गए और धुनाई अलग से हुई, मगर मैं हिम्मत नहीं हारूंगा। कल फिर शहर का चक्कर लगाऊंगा।
अगले दिन सुबह को वह ऐसे इलाके में पहुंचे, जहां ज्यादातर गरीब मजदूर रहते थे। काम की तलाश में यह लोग एक स्थान पर अपने औजार लिए बैठे रहते थे।
ही...ही...ही! किसी को पता ही नहीं कि हवलदार बहादुर इनके बीच बैठा है।

दोपहर तक वहां भी कोई नहीं आया तो हवलदार उठकर एक ढाबे में जा बैठे।
एक चाय और डबलरोटी के दो पीस ले आ भाई।
जब लड़का उनके सामने चाय रखने आया –
ओ भाई! इस इलाके में कोई काम वगैरह मिल सकता है क्या? मैं बड़ा अच्छा मिस्त्री हूं।
अच्छे मिस्त्री हो तो काम क्यों ढूंढ रहे हो? ही... ही...ही!
लड़का हंसता हुआ चला गया, मगर एक गंजा व्यक्ति उनके पास आकर बैठ गया।
ओय, क्या बात है?
तुम्हें काम चाहिए?
हां चाहिए।
तो मेरे साथ चलो। एक जगह मजदूरों की भर्ती हो रही है, मगर शहर से बाहर भेजा जाएगा।
शहर से बाहर? लगता है, अपना काम बन गया है। यह गंजा बहुत चालू दिखाई देता है।
काम के लिए शहर से बाहर तो क्या, हम तो चांद पर भी जाने के लिए तैयार हैं टकलू जी!
टकलू? ओह! तुम मजाक कर रहे हो। ही... ही... ही!

कुछ देर बाद वह गंजे के साथ ढाबे से बाहर निकले।
कहां चलना है टकलू भाई?
चुपचाप चलते रहो। रास्ते में मजाक मुझे पसंद नहीं है।
वहां से कुछ दूर एक पुराना मकान था। गंजा मकान के सामने पहुंचकर रुक गया।
तुम अंदर चले जाओ। यह ठेकेदार का मकान है। उससे कहना, तुम्हें काम चाहिए।
अच्छा।
जब हवलदार बहादुर ने मकान का दरवाजा ठोका।
क्या बात है?
हमें ठेकेदार से मिलना है। काम चाहिए।
अच्छा। अंदर आ जाओ।
तो यह अड्डा है बदमाशों का।
उन्होंने भीतर पांव रखा।
धाड़
आह!
बेहोश हो गया है। इसे भी दूसरे मजदूरों के साथ साइट पर पहुंचा दो।
ठीक है। आज मैं खुद ही मजदूरों को लेकर जा रहा हूं।

हवलदार बहादुर को कई घंटों के बाद होश आया।
आंय! यह मैं कहां आ गया?
तभी—
इसे तो होश आ गया है।
ले चलो बाहर।
आंय! यह दोनों तो यमदूत लगते हैं।
चल बे, खड़ा हो जा।
सड़ाक
उई... अबे मारता क्यों है?
अभी मारा कहां है साले? सवाल पूछेगा तो खाल उधेड़ दी जाएगी। उठकर हमारे साथ चल।
मैं तो सचमुच बदमाशों के चंगुल में फंस गया हूं। अब चलकर देखना चाहिए यह कहां ले जाते हैं?
उन्हें टैंट से बाहर लाया गया।
ओह!
य... यह सब क्या हो रहा है भाई?
काम हो रहा है! तू भी यहां काम करने ही आया है। यहां जो भी आता है, हमारा कैदी बन जाता है और उसे हमारा बताया हुआ काम करना पड़ता है।

तुम्हारे बाबा की धौंस है क्या? मैं नहीं करूंगा काम।
अच्छा, बहुत बहादुर है तू।
तभी—
छ... छोड़ दो... जाने दो मुझे... मैं वापस जाऊंगा।
क्या बात है के.के. साहब?
यह वापस जाना चाहता है। जरा संभालो इसे।
तुरंत ही दोनों जल्लाद शुरू हो गए।
सड़ाक
सड़ाक
आ...ई... ई!
अरे बाप रे! बू...हू..हू...!
ठाक
मजदूर को पीटकर उन्होंने अधमरा कर दिया था। फिर—
बोल, जाएगा वापस?
प... पानी...!

पहले चार घंटे काम करना होगा, उसके बाद एक गिलास पानी मिलेगा। समझा!
ले जाकर काम पर लगा दो इसे।
गलती हो गई मुझसे। जासूस बनने के चक्कर में यमदूतों के हाथ पड़ गया हूं। इस बार तो जान भी जाती लगा रही है।
यह सुकड़ू पहलवान क्या कह रहा है?
यह भी वापस जाने को कह रहा है जी!
अमा क्यों झूठ बोल रहे हो पहलवान? मैं क्या बावला हूं, जो वापस जाऊंगा। मैं तो यहां काम करने आया हूं। ही... ही... ही!
तो ठीक है। इसे ले जाकर काम पर लगा दो, मगर इस पर खास नजर रखना, बंदा खुराफाती लगता है।
चिंता न करो साहब! इसने कोई भी खुराफाती हरकत की तो मैं अपने हंटर से इसकी खाल उधेड़ दूंगा। साला उठ-बैठ भी नहीं सकेगा कभी।

चल बे।
गुर्र...गुर्र! कभी मेरे खड़पच्चे में फंसा तो हवालात में बंद करके सड़ा दूंगा साले।
हवलदार बहादुर के पांव में भी लोहे की बेड़ियां पहना दी गईं।
पकड़ यह कुदाल और वह सामने वाला पत्थर तोड़ने में लग जा। शाम तक पूरा पत्थर टूट जाना चाहिए।
कोई और काम बता दो पहलवान। यह तो अपने बस का नहीं है।
यही काम करना होगा।
सड़ाक
उ...ई...ई...ठ... ठीक है भाई!
और वह पत्थर तोड़ने पर जुट गए।
यह भी आ गया है रास्ते पर।
ठक
ठक

जल्लाद कुछ देर वहीं खड़ा होकर देखता रहा, फिर आगे बढ़ गया।
चला गया यमदूत। अब काम बंद।
ओ भाई...!
मगर मजदूर ने उनकी ओर ध्यान नहीं दिया।
फिस... फिस... ओय, सुन तो ... इधर...।
वह मजदूर अपने काम में व्यस्त रहा।
अबे ओय मोटे! तू बहरा है क्या?
नहीं।
तो फिर बात क्यों नहीं करता? अबे, मैं बड़े काम का आदमी हूं। जरा इधर आकर मेरी बात सुन।
चुपचाप अपना काम करते रहो। यहां बातें करना मना है।
तू तो बेकार ही डर रहा है यार! भला बात करने में किसी के बाप का क्या जाता है? इधर आ जा, बतियाते हैं दोनों बैठकर।
पहरेदार जी! जरा सुनो।
अबे! उसे क्यों बुला रहा है?

क्या है बे?
यह बंदा मुझे काम नहीं करने देता साहब! आवाजें लगाए जा रहा है।
क्यों बे?
म...म...मैं तो बीड़ी मांग रहा था जी! बड़ी जोर से तलब लगी है।
मैं देता हूं तुझे बीड़ी।
सड़ाक
ऊ...ई...ई... मां!
इस बार जल्लाद ने उन्हें अच्छी तरह ठोका था।
धूम
हाय, मार डाला जालिम! तू भी किसी हिटलर से कम नहीं।
ठाक
धड़ाक
अब मिट गई तेरी तलब? चल, पत्थर तोड़ने पर लग जा।
बहुत मारा है जालिम ने। हाय चम्पाकली, तू यहां होती तो देखती मेरा हाल। हू...हू... हु!
अंधेरा होने तक मजदूरों से काम कराया गया था। उसके बाद सबको निकट के जंगल में लगे एक बड़े टैंट में ले जाया गया।
चलो, सब लाइन में बैठ जाओ।

मजदूर बैठ गए तो दो-दो रोटी पर सब्जी रखकर सबको दी जाने लगी।
भूखे मजदूर खाने पर टूट पड़े।
चपर... चपर...
गड़प...
खाना खत्म हुआ तो एक जल्लाद ने घोषणा की–
अब सब चुपचाप लेटकर सो जाएं। आपस में कोई बात नहीं करेगा, वरना खाल उधेड़ दी जाएगी।
बाप का राज है तुम्हारे। सालो, एक-एक को देख लूंगा।
मजदूरों ने आदेश का पालन किया।
क्यों, तू नहीं लेटेगा क्या?
म... म... मैं खाट पर लेटता हूं जी! एक खाट ला दो।
खाट? अबे नमूने, यह तेरी ससुराल नहीं है। समझा! चुपचाप लेटकर सो जा, वरना बाहर ले जाकर पेड़ के साथ बांध दूंगा तुझे।
गुस्सा न करो पहलवान। मैं नीचे ही सो जाता हूं। ही... ही... ही!
उधर रात के बारह बजे तक जब हवलदार बहादुर घर नहीं पहुंचे तो चम्पाकली उन्हें ढूंढती हुई थाने पहुंच गई। इमरजेंसी ड्यूटी के कारण इंस्पेक्टर खड़गसिंह थाने में ही मौजूद था।
मैं हवलदार बहादुर की पत्नी चम्पाकली हूं। वह सुबह को जासूसी करने घर से निकले थे और अभी तक नहीं लौटे। कहां भेजा है आपने उन्हें?
हमने तो कहीं नहीं भेजा और वह तो आज ड्यूटी पर आया ही नहीं।

क्या बात करते हो साहब? मेरा आदमी दो दिन से मजदूर का रूप बनाकर आपके लिए जासूसी करने में लगा हुआ है। कहता था, किसी बड़े अपराधी को पकड़ेगा और आप कहते हैं, वह ड्यूटी पर ही नहीं आया।
ओह! तो तुम्हारा मूर्ख पति जासूसी करने में लगा हुआ है। मैं तो तंग आ गया हूं उससे।
ही...ही...ही! तंग तो मैं भी आ गई हूं जी! मगर पति तो फिर पति ही है।
ठीक है... ठीक है। तुम घर जाओ। मैं अभी हवलदार बहादुर को ढूंढ़कर घर भिजवाता हूं।
जरा जल्दी भेजना साहब! मुझे अकेले घर में बहुत डर लगता है।
उधर हवलदार बहादुर अपने निकट लेटे एक कैदी से बात करने की कोशिश में थे।
ओ भाई!
क्या है?

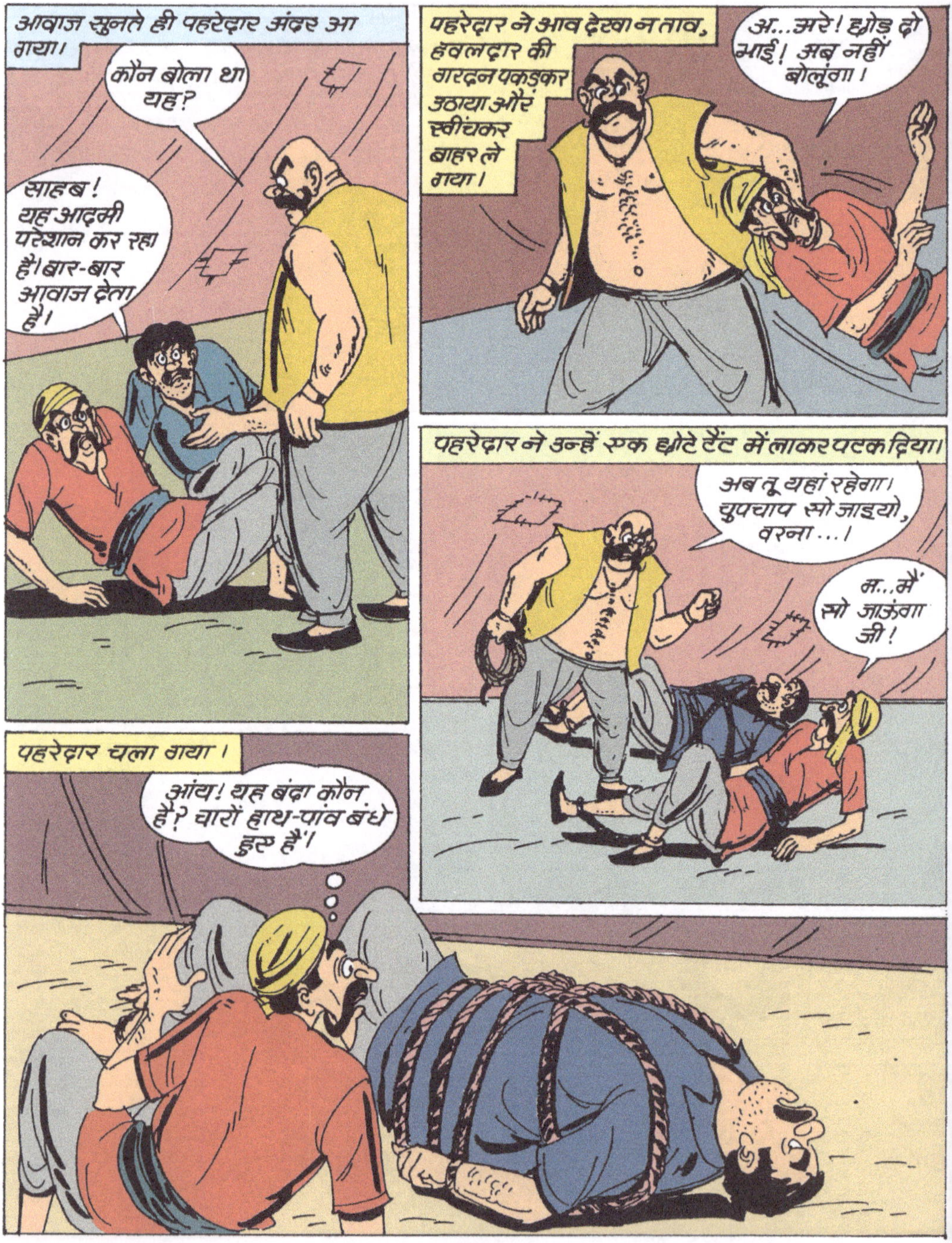
आवाज सुनते ही पहरेदार अंदर आ गया।
कौन बोला था यह?
साहब! यह आदमी परेशान कर रहा है। बार-बार आवाज देता है।
पहरेदार ने आव देखा न ताव, हवलदार की गरदन पकड़कर उठाया और खींचकर बाहर ले गया।
अ...अरे! छोड़ दो भाई! अब नहीं बोलूंगा।
पहरेदार ने उन्हें एक छोटे टैंट में लाकर पटक दिया।
अब तू यहां रहेगा। चुपचाप सो जाइयो, वरना ...।
म...मैं सो जाऊंगा जी!
पहरेदार चला गया।
आंय! यह बंदा कौन है? चारों हाथ-पांव बंधे हुए हैं।

उस कैदी ने दबे स्वर में पुकारा था।
इधर आओ।
ओह! यह पहला बंदा है, जो बात करने के मूड में है।
हवलदार तुरंत उसके निकट पहुंच गए।
तुम भी कैदी हो?
हां, मगर तुम्हें इस तरह क्यों बांध रखा है? क्या तुमने भी खाट मांगी थी इनसे?
नहीं। मैं सी.आई.डी. का आदमी हूं। मजदूर बनकर यहां आया था। एक बहुत बड़ा बदमाश यहां पर अपना गुप्त अड्डा बना रहा है। अड्डे के निर्माण के लिए ही मजदूरों का अपहरण करके यहां लाया जाता है। जब अड्डा बनकर तैयार हो जाएगा तो सब मजदूरों की हत्या कर दी जाएगी। मैंने इनका राज जान लिया था, इसलिए मुझे पकड़कर बांध दिया गया। अब तुम मेरी मदद करो।
हवलदार के दिमाग ने तुरंत तिकड़म बिठाई।
तुम्हारी मदद करने ही तो हम इस टैंट में आए हैं भइया! हम भी असली मजदूर नहीं हैं, बल्कि पुलिस हवलदार बहादुर सिंह हैं। बोलो, क्या करना है?
मेरे बंधन खोल दो।
फिर तुम क्या करोगे?
मैं किसी तरह यहां से निकल जाऊंगा। निकट ही जंगल में मैंने अपना कुछ सामान छुपा रखा है। उसमें ट्रांसमीटर भी है। ट्रांसमीटर पर मैं अपने हैडक्वार्टर बात करूंगा और फिर सुबह तक यहां...

...पुलिस पहुंच जाएगी। सारे बदमाश पकड़ लिए जायेंगे और मजदूरों को आजादी मिल जाएगी।
ठीक है भइया! हम तुम्हें खोल देते हैं, लेकिन ट्रांसमीटर पर बात करके तुम यहीं लौट आना।
हवलदार बहादुर ने उसके बंधन खोल दिए–
थैंक्यू हवलदार बहादुर! अब मैं जाता हूं और कुछ ही देर में अपना काम करके लौट आऊंगा। तुम चिंता बिल्कुल न करना। मैं ट्रेंड जासूस हूं। अपना काम जरूर पूरा करूंगा।
जाओ साहब! हम तुम्हारी सफलता के लिए प्रार्थना करते हैं।
तुरंत ही उस व्यक्ति ने टैंट का कोना उठाया और...
अगर यह लौटकर न आया तो सुबह को जल्लाद मेरी खाल उधेड़ देंगे।
...बाहर निकल गया।
हवलदार बहादुर फर्श पर लेट गए।
अब कोई आवाज नहीं होनी चाहिए, अगर वह जल्लाद अंदर आ गया और कैदी को गायब पाया तो मेरी खाल में भूसा भर देगा, साला।
लगभग डेढ़ घंटे बाद सी.आई.डी. एजेंट लौट आया। हवलदार तब तक सो चुके थे।
ए, उठो।
क... कौन है? ओह, तुम आ गए?

हां, अब तुम मुझे उसी तरह बांध दो, ताकि किसी को शक न हो। मैं ट्रांसमीटर पर बात कर आया हूं। सुबह तक यहां पुलिस फोर्स पहुंच जाएगी।
वेरी गुड! वेरी गुड! अब मैं इन बदमाशों को हवालात में बंद करके सड़ाऊंगा। बहुत मारा है सालों ने मुझे।
फिर हवलदार बहादुर ने सी. आई. डी. एजेंट को पहले की तरह बांध दिया और फिर लेटकर सुबह होने की प्रतीक्षा करने लगे।
अब मजा आएगा।
सुबह का उजाला फैलते ही पुलिस ने रेड कर दी। सड़क और आकाश मार्ग से पुलिस बल पहुंचने लगा।
घर्र... घर्र...
घर्र... घर्र...
पीं... पीं...
पीं... पीं... पीं... पीं...

पुलिस की भारी संख्या देखकर बदमाशों ने आत्मसमर्पण कर दिया।
खड़गसिंह भी पुलिस फोर्स के साथ आया था। बंधनमुक्त होते ही हवलदार बहादुर सी. आई. डी. एजेंट के साथ उसके सामने पहुंचे।
हवलदार बहादुर! तुम यहां?
जी हां। हमने ही आपको यहां बुलाया है। यह हमारी जासूसी का कमाल है।
लेकिन पाठको, आप तो जानते ही हैं कि अगर सी. आई. डी. इंस्पेक्टर न मिलता तो हमारी खाट तो खड़ी हो चुकी थी, लेकिन यह बात हम खड़गसिंह को क्यों बताएं?
ही...ही... ही!
समाप्त
आगामी अंक में पढ़िए हवलदार बहादुर का एक नया कारनामा
हवलदार बहादुर और मस्तान डाकू
अपनी प्रति खरीदना न भूलें

चम्पाकली को एक दिन अपने आंगन में एक बच्चा मिला। वह उसे भीतर ले आई—

क्यों पाठको, पहचाना कौन है चम्पाकली की गोद में? अगर नहीं, तो हम बताते हैं। यह हैं आपके प्रिय हवलदार बहादुर। क्यों, हो गए न हैरान? कैसे हुआ यह? जानने के लिए पढ़ें 'कीप साइलेंस' का उल्लंघन करता और हास्य की सभी सीमाओं को तोड़ता हुआ विशेषांक—

हवलदार बहादुर और डा. सूपड़ा

पहचानिए—हवलदार बहादुर के कॉमिक्स के खलनायकों को